VENTE

HOTEL DROUOT — SALLE N° 5

du Vendredi 5 Juin 1914
A 2 HEURES

EXPOSITION PUBLIQUE

Le Jeudi 4 Juin 1914
DE 2 HEURES A 6 HEURES

Objets Antiques

Mᵉ E. BOUDIN
COMMISSAIRE-PRISEUR
14, Rue Grange-Batelière

M. J. ENKIRI
EXPERT
46, Rue de Grenelle

IMPRIMERIE
C. CHAUFOUR
6-8, RUE MILTON
PARIS

ANTIQUITÉS

VERRES IRISÉS

Faïences de Syrie et de Perse

TERRES CUITES

Vases peints

MARBRES & BRONZES

TAPIS D'ORIENT

VENTE

HOTEL DROUOT - SALLE N° 5

Le Vendredi 5 Juin 1914

A 2 HEURES

Mᵉ E. BOUDIN	M. J. ENKIRI
COMMISSAIRE-PRISEUR	EXPERT
14, Rue Grange-Batelière	46, Rue de Grenelle

EXPOSITION PARTICULIÈRE : chez M. ENKIRI, 46, Rue de Grenelle
les Mardi 2 et Mercredi 3 Juin 1914, de 2 h. à 6 h.

EXPOSITION PUBLIQUE : Hôtel Drouot, Salle n° 5
le Jeudi 4 Juin 1914, de 2 heures à 6 heures

CONDITIONS DE LA VENTE

La vente aura lieu expressement au comptant.

Les acquéreurs paieront dix pour cent en sus des enchères.

M. ENKIRI, Expert, 46, rue de Grenelle, se charge d'exécuter à titre gracieux les commissions qui lui seront confiées.

DÉSIGNATION

VERRES IRISÉS ANTIQUES

Trouvés en Syrie

1 — Très belle bouteille à panse pomiforme et col large
et haut. Magnifiquement irisée.

Haut. : 0m29.

2 — Très belle coupe côtelée. Magnifiquement irisée.

Diam. : 0m16.

3 — Deux bracelets. Magnifiquement irisés.

4 — Vase à panse pomiforme, col large et bas, très large
ouverture à renflement vers la base; deux anses latérales. Très bien irisé.

Haut. : 0m12.

5 — Flacon rouge forme fuseau. Très irisé.

Haut. : 0m3o.

6 — Bol. Magnifiquement irisé.

Haut. : 0m08.

7 — Bol. Très bien irisé.

Haut. : 0m08.

8 — Bol. Très bien irisé.

Haut. : o^mo8.

9 — Petite bouteille rouge. Très irisée.

Haut. : o^mo8.

10 — Bouteille à panse pomiforme et torsadée, col à ouverture évasée. Très bien irisée.

Haut. : o^m17.

11 — Bouteille brune à panse en forme de pomme de sapin, col long ouverture évasée.

Haut. : o^m15.

12 — Coupe brune. Très bien irisée.

Haut. : o^mo5.

13 — OEnochoé, panse à dépressions, anse ronde, ouverture trilobée. Irisée.

Haut. : o^m11.

14 — Bouteille à pied en cercle, panse piriforme, col fin orné de cercles agglutinés, ouverture évasée. Très irisée.

Haut. : o^m26.

15 — Flacon cylindrique à col bas et deux anses larges et plates. Très irisé.

Haut. : o^m11.

16 — Deux flacons bleu-vert, panse pomiforme et ouverture très évasée.

Haut. : o^mo7; Diam. : o^mo5.

17 — Petit flacon orné de pointes saillantes, col très bas. Très irisé.

Haut. : o^mo7.

18 — Bol. Très bien irisé.

Haut. : 0^mo5.

19 — Gobelet. Très bien irisé.

Haut. : 0^m10.

20 — Flacon moulé à panse composée de deux figures de femmes, souriantes et adossées, goulot entonnoir. Pièce intéressante.

Haut. : 0^m11.

21 — Grande bouteille à panse pomiforme, long col, ouverture évasée.

Haut. : 0^m3?.

22 — Beau flacon rouge forme fuseau. Splendidement irisé.

Haut. : 0^m14.

23 — Flacon piriforme, panse à col haut et fin, entièrement couvert de spirales agglutinées. Très belle irisation argentée.

Haut. : 0^m12.

24 — Flacon jaunâtre à col long ayant une ouverture trilobée. Très bien irisé.

Haut. : 0^m13.

25 — Flacon pomiforme. Très irisé.

Haut. : 0^mo9.

26 — Bouteille pomiforme à col entonnoir. Très bien irisée.

Haut. : 0^mo9.

27 — Bouteille pomiforme à long col. Très bien irisée.

Haut. : 0^mo9.

28 — Bouteille piriforme à col entonnoir. Très bien irisée.

Haut. : 0^m12.

29 — Petit flacon pomiforme à col large. Très irisé.

Haut. : 0^m07.

30 — Bouteille piriforme jaunàtre. Très bien irisée.

Haut. : 0^m08.

31 — Petite veilleuse de mosquée forme coupe. Très irisée.

Haut. : 0^m04.

32-33 — Deux flacons-jumeaux ayant seulement une anse supérieure. Très bien irisés.

Haut. : 0^m16 ; Diam.: 0^m18.

34-35 — Deux flacons-jumeaux ayant deux anses latérales réunies par une anse supérieure. Très irisés.

Haut. : 0^m14 ; Diam. : 0^m16.

36 — Très beau chandelier. Magnifique irisation intérieure.

Haut. : 0^m16.

37 — Flacon à panse quadrilatérale, ouverture évasée. Magnifique irisation intérieure.

Haut. : 0^m09

38 — Flacon-rouleau à large ouverture. Très bien irisé.

Haut. : 0^m11.

39 — Flacon pomiforme à large col renflé vers l'ouverture. Très irisé.

Haut. : 0^m09.

40 — Vase pomiforme rouge, col large, ouverture très évasée. Très bien irisé.

Haut. : 0^m90.

41 — Très élégant lécythe à pied en cercle, panse piriforme cannelée, col orné d'un anneau, ouverture évasée, anse ronde et accoudée. Irisé.

Haut. : 0^m15.

42 — Bouteille pomiforme à col long et fin. Très bien irisée.

Haut. : 0^m12.

43 — Bouteille jaune à panse plate, col fin et long. Irisée.

Haut. : 0^m15.

44 — Flacon-rouleau à col bas, ouverture à bords épais. Très bien irisé.

Haut. : 0^m13.

45 — Plat à pied ovale. Irisé. Très rare.

46 — Lécythe cylindrique à col bas, anse large et cannelée Très bien irisé.

Haut. : 0^m22.

47 — Vase à panse pomiforme côtelée, col bas ayant une très large ouverture, trois anses. Irisé.

Haut. : 0^m12.

48 — Gobelet ayant six dépressions vers la base. Très bien irisé.

Haut. : 0^m10.

49 — OEnochoé irisée.

Haut. : 0^m11.

50 — Flacon-rouleau. Très bien irisé.

Haut. : 0^m11.

51 — Gobelet. Très bien irisé.

Haut. : 0^m10.

52-53 — Deux coupes. Irisées.

54 — Gobelet à base étroite. Très irisé.

Haut. : 0^m10.

55 — Lécythe piriforme. Irisé.

Haut.: 0^m17.

56 — Gobelet. Irisé.

Haut. : 0^m12.

57 — Flacon forme pomme de sapin.

Haut. : 0^m14.

58 — Lécythe cylindrique. Irisé.

Haut. : 0^m18.

59 — Lacrimatoire à deux anses. Très irisé.

Haut. : 0^m13.

60 — Calice à pied et ayant les bords recourbés. Irisé.

Haut.: 0^m09.

61 — Deux flacons ornés de zigzags de spirales agglutinés. Irisés.

62-63 — Quatre petits chandeliers à vendre par deux. Très irisés.

64 — Deux chandeliers. Très irisés.

Haut. : 0^m17.

65 — Deux chandeliers. Très irisés.

Haut. : 0^m20.

66 — Deux chandeliers. Très irisés.

Haut.: 0^m17 ; Diam.: 0^m14.

67 — Flacon piriforme, col ouverture évasée. Très irisé.

Haut. : 0ᵐ11.

68 — Vase à panse pomiforme, col bas, ouverture à bords très larges et recourbés, des zigzags en guise d'anses tombent de l'orifice sur la panse. Irisé.

Haut.: 0ᵐ07.

69 — Trois flacons différents. Irisés.

70 — Très beau calice byzantin à pied renflé vers la base, laquelle est très étroite et ayant l'ouverture très évasée. Splendidement irisé. Très rare.

Haut. : 0ᵐ11.

71 — Fuseau splendidement irisé.

Haut. : 0ᵐ12.

72 — Belle bouteille pomiforme. Splendidement irisée.

Haut. : 0ᵐ08.

73 — Très belle œnochoé, panse à six faces, col ayant l'orifice trilobée, anse. Splendidement irisée.

Haut.: 0ᵐ11.

74 — Très belle bouteille bleue à panse piriforme et col fin entièrement couverte de spirales striées. Magnifiquement irisée.

Haut. : 0ᵐ11.

75 — Belle bouteille pomiforme à col ayant une ouverture à larges bords. Splendidement irisée.

Haut.: 0ᵐ11.

76 — Belle bouteille pomiforme, col entonnoir. Magnifiquement irisée.

Haut. : 0ᵐ10.

77 — Joli flacon à panse ayant quatre dépressions, col haut et fin. Magnifiquement irisé.

Haut. : 0m08.

78 — Jolie petite bouteille. Magnifiquement irisée.

Haut. : 0m07.

79 — Beau petit flacon bleu. Splendidement irisé.

Haut. : 0m04.

80 — Très belle bouteille rouge à panse piriforme et col fin. Splendidement irisée.

Haut. : 0m09.

81 — Très belle gourde en pâte rouge, à panse plate et col gros et haut. Splendidement irisée.

Haut. : 0m14.

82 — Très belle bouteille piriforme. Splendidement irisée.

Haut. : 0m11.

83 — Petit flacon piriforme. Magnifiquement irisé.

Haut. : 0m07.

84 — Joli petit flacon à panse piriforme ornée de losanges en relief. Magnifiquement irisé.

Haut. : 0m07.

85 — Flacon forme biberon à col haut. Très irisé.

Haut. : 0m15.

86-87 — Deux chandeliers. Très bien irisés.

Haut. : 0m18; Diam. : 0m15.

88 — Calice à pied. Très bien irisé.

Haut. : 0m11.

89 — Œnochoé panse piriforme, bec trilobé, anse ronde
et courbée. Très irisée.

Haut. : 0ᵐ12.

90 — Deux œnochoés. Très irisées.

Haut. : 0ᵐ11 ; Diam. : 0ᵐ09.

91 — Deux lécythes. Irisés.

Haut. : 0ᵐ12.

92 — Chandelier. Magnifiquement irisé.

Haut.: 0ᵐ12.

93 — Deux flacons. Très irisés.

94 — Flacon pomiforme orné de pointes saillantes, col et
ouverture large. Très irisé.

Haut. : 0ᵐ07.

95 — Flacon avec son couvercle et un petit flacon orné de
filets bleus. Irisés.

96 à 105 — Dix beaux verres. Très bien irisés.

TERRES CUITES ANTIQUES

106 — Statuette de femme debout et drapée, la tête est
surmontée d'un emblème de ville et la main gauche
porte un coffret.

Traces de peinture.

Haut. : 0ᵐ33.

107 — Statuette de femme drapée et debout, elle ajuste
son voile et elle tient un éventail de la main gauche.

Haut. : 0ᵐ29.

108 — Statuette de femme debout, elle est drapée, ajuste son voile de la main gauche et tient un lapin sur son bras droit.

Peinture blanche.

Haut. : 0m25.

109 — Une petite statuette de femme et un fragment buste de femme.

110 — Statuette Eros.

Haut. : 0m19.

111 — Statuette de Cérès accoudée et portant une corne d'abondance.

Haut. : 0m17.

112 — Un moule de momie. Egypte.

VASES PEINTS ANTIQUES

113 — Cratère fond noir à décor rouge clair : Eros entre deux personnages, deux éphèbes drapés.

Haut. : 0m18.

114 — Vase à anse haute fond jaune à dessins linéaires noirs.

Haut. : 0m19.

115 — Guttus noir et petite hydrie à deux anses et couvercle noirs.

Haut. : 0m11.

116 — Petite œnochoé noire à décor jaune : Enfant accroupi voulant saisir un vase.

Haut. : 0m06.

117 — Deux lécythes rouge clair à décor noir : Festin et personnages.

Haut. : 0m15.

118 — Cinq petits aribales corinthiens.

119 — Deux amphores fond rouge clair à décor noir : Guerriers et arbres. Trouvées en France.

Haut. : 0m3o.

BRONZES ANTIQUES

120 — Hercule debout.

Haut. : 0m10.

121 — Jeune femme debout, elle est drapée et porte un pigeon sur son bras gauche.

Haut. : 0m09.

122 — Sept pierres de fronde, plomb.

123-124 — Deux paires de masques de lion.

125 — Lécythe avec anse terminée par une tête d'enfant.

Haut. : 0m15.

126 — Vase pansu à deux anses terminées par une tête de femme.

Haut. : 0m19.

MARBRES ANTIQUES

127 — Tête d'enfant, marbre blanc.

> Haut. : 0^m11.

128 — Petite tête de femme, marbre rouge.

> Haut.: 0^m08.

129 — Tête d'enfant grandeur nature. Jolie pièce.

> Haut. : 0^m22.

130 — Bas-relief : Homme endormi. Fragment.

131 — Toute petite tête de Bacchus barbu. Pierre calcaire.

FAIENCES ANCIENNES DE SYRIE

132 — Grande jarre bleu turquoise. Très irisée.

> Haut.: 0^m35.

133 — Amphore à deux anses émail bleu vert.

> Haut. : 0^m28.

134 — Petite lampe à anse bleu turquoise. Irisée.

> Haut. : 0^m09.

135 — Coupe profonde. Irisée.

136 — Petite potiche bleue.

> Haut. : 0^m14.

137 — Vase fond blanc à décor noir en relief. Irisé.

Haut. : 0^{m}09.

138 — Grand plat bleu turquoise. Splendidement irisé.

139 — Deux coupes bleu turquoise.

FAÏENCES DE PERSE

140 à 149 — Dix potiches bleu turquoise à dessins noirs de diverses grandeurs.

150 à 159 — Dix potiches à fond blanc et décor bleu, de décors différents.

160 à 169 — Dix bols et plats en faïence bleu turquoise, à décors noirs.

TAPIS D'ORIENT

170 — Très grand et très beau tapis de soie à décor floral polychrome, une grande rosace à fond rouge orne le centre, plusieurs bordures.

171 — Beau petit tapis de soie à décors de fleurs fond rouge.

172 — Beau petit tapis de soie à décors de fleurs fond janne.

173 — Beau petit tapis de soie à décor de rinceaux fond clair.

174 — Beau petit tapis de soie à décors polychromes.

175 — Grand tapis formant carpette en laine à décors polychromes sur fond clair.

176-177 — Deux beaux tapis de prière en laine à décors polychromes fond rouge ou vert.

178 — Deux beaux tapis en laine à décors polychromes sur fond rouge ou bleu.

Seront vendus séparément.

179 — Objets omis.

www.ingramcontent.com/pod-product-compliance
Lightning Source LLC
LaVergne TN
LVHW012131170726
843501LV00008BC/3124